나뭇잎의 QR코드

임솔내 시집

나뭇잎의 QR코드

임솔내 시집

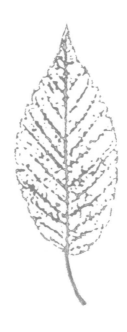

문학세계사

물의 뺄셈

결이 서려 있는 티베트에서도 그랬다
냇물은 제 몸을 빼면서 흐르더라
물섶의 들꽃에게 떼주고
흐르는 구름에게도 떼주고
찬란히 쏟아지는 햇살에게도 영롱하게 떼주고
아름다운 물소리를 만들어주는 물 속 자갈에게 부딪혀
뛰어오르는 살점으로 떼주고
제 몸을 빼면서 빼면서 흐르더라
길이 끝나는 곳에 이르면 바다라는 이름에게
온몸을 녹여 제로가 되더라
참, 깔끔히도 뺀다 통쾌 상쾌 명쾌하게 뺀다
낮게 더 낮게 흔적도 없지만 울림으로 남는다
그 울림의 냇물이 와르르 내 안으로 흘러든다
역사의 시간까지도 가 닿는다
인생을 알게 해준 냇물이다
삶을 일깨워준 뺄셈이다
아, 이제야 알겠다
시늉이라도 내가 가져야 할 시 쓰는 자세를……

筆耘齋에서 임솔내

□ 차례

제1부
물고기 종鐘

제2부
나뭇잎의 QR코드

제3부
누가 용의 비늘을 보았는가

제4부
차마고도

물고기 종鐘

답사 길에 얻어 온 작은 쇠종
하나를 현관에 달았다

무쇠 때는 까맣게 잊고 산다
그도 내가 종종걸음으로 저를
찾기 전까지는 나를 모른 체한다

절 기둥에 묵언으로 매달리던 그대로

문이 열렸다 닫힐 때까지
그의 입이 열리고, 내 귀가 트인다

천지사방 떠돌며 내 발품 팔던 그 답이
죽죽 쏟아진다

절로 몸을 낮추는
내 드나들이는
물고기 종鐘에게 드리는 예배시간이다

매달린 그 묵언들이 다 쏟아질 때까지
현관에 오체투지로 엎드린 신발들이 참 많다

수시로 내 집에서 열리는
화엄세계
저 노릿한 쇠종 하나가
천년 고찰의 전언傳言인 줄 몰랐었다

우화 羽化*

어두운 땅 속에서 수년 동안
굼벵이로 배회하다 이뤘다는
그의 꿈을 햇살에 비춰본다
속이 비었으므로 빛에 충만하다

칠흑 같은 흙덩이 면벽하고
음 고르며 겹겹의 하안거 동안거
지하 수십 길 낭떠러지의 암자
모시 수의처럼 텅 비어서도 꿈에게 바친 날들이
달디단 것일까
저토록 부신 무채색의 집 한 칸

후-욱 불면 날 듯이 홀홀하고 환한
이 한순간이
나, 한평생이 걸릴지도 모르겠다

* 우화(羽化) : 번데기가 날개 있는 엄지벌레로 변하는 것.

주홍 불빛 우주

감나무 가지 가득 주홍 불빛을 켜고 있다
검은 실핏줄이 꽤 나이를 잡수셨다
땅에 뿌리박은 흙의 소산들, 기운이 소진할 때마다
해거리를 하는 감나무,
주홍의 열매를 단 잔가지는 툭툭 잘 부러져
여리고도 강한 영락없는 모성이다
천둥 번개가 치고 비가 억수로 쏟아지는 날이면
한껏 머금은 흑갈색이
천상 사람살이다
기억의 자국이 구불구불할 때마다
동화책처럼 깃털이 나부끼는 유년의 때깔
붉으나 열정처럼 붉지 않고 노란빛 띠었으나 어리지 않은
우주의 또 하나의 우주
심장부에 도착한 주홍색이 하, 밝다

이백 년 간장꽃

후덕한 손씨 종부
팔대손 꽃종부
들판엔 콩꽃
처마엔 메주꽃
장독간 옹기엔 간장꽃

경전보다 깊은
햐,
폈네 우담바라

고려산 진달래

봄바람 오지게 퍼붓던 날
그 날은 참꽃이 아닌개벼
오방색 비껴가
산천을 불지른 죄 이제 워쩔껴!
허공천을 타고 올라
정수까지 타고 올라
만장일치로 환호했디만
이 바알간 꽃 감옥에 처연히도 가둘챔여?
마른 대궁, 구성진 꽃잎, 맨살로 누워
한 달에 한 번 그날인겨?
얼라, 저 빛깔 좀 봐! 참말로 참꽃이 아닌개벼

긍게, 그날로 형이하학은 다 태운겨?

감

까치의 부리가
깊숙이 몸 안으로 들기까지
단 한 문장으로
말 걸어오는 저 빛

나, 언제 저 등불 같은 색에 닿을까

분첩

화장化粧을 하다
발에 채인 분첩이
장롱 밑으로 쏙 들어가버렸다
아득히 사라졌다
시간은 없고 사위를 두리번거리다
귀퉁이 쓸모없던 꼬챙이를 뽑아
납작하고 깊숙이 바닥을 쓸었다
세상에!
비바람 긴 세월로 사라졌던 이름 모를 상흔들이
뭉게뭉게 걸려 나온다
속을 비워 가벼울 대로 가벼워진 먼지 구름을 타고
꿈결처럼 나는 비상구를 빠져나간다
하얀 찔레 꽃길을 지나 까마득했던
나의 나를 더듬어 나간다
한때 동행이었던 그가
켜켜이 겸손해진 그가
소리 없는 죽비로 등짝을 내리친다

1cm도 안 되는 그 공간으로 들어간 분첩은
1cm도 안 되는 그 공간에 고여 있던 내 꽃중년을 내보냈다
강가강의 인도 사람처럼
진짜로 비운 저 가벼움이야말로
나를 건져 올릴 무게였다
덕지덕지 처바르던 분첩은 세상의 손이 타지 않는 곳으로
그렇게 아득히 사라졌다

아, 내 아바타의 비행飛行

말하는 옷

가파르게 비탈져
뽀송뽀송 말려지기를 기다리며 널려 있다
후줄그레한 엄마 빨래가
나를 내려다보며 말을 건다
총기 짱이던 엄마는 온데간데없고
두 번 타는 보일러 아랫목 짚으며
"형님 따신 데 앉으세요!"
"오래비도 챙기거라"
저승살이 여념없을 내 아버지도 목 빼고 연신 기다린다
이랬다가 저랬다가
혼줄 놓으면 울타리가 없다
물기 마른 살가루 무더기로 떨어져내려
양말 속에 고인다

나의 오메는
청상의 여름날 그때 무대만 훤하다
뽕나무밭 창식이 양반, 숲실 양반

보릿고개 이장님, 조신한 청양댁
인생 대소사 판토마임 극장이다
난데없이 상복 입고 곽방도 봐야 하고
굴건제복 곡도 해야 하고
산 자와 죽은 자가 뒤섞여
진두지휘하기만도 바빠 죽겠단다
이승 저승 넘나드는 일이 왜 안 글켔나
이때 '세~타~악' 복도를 지나는 외마디

이 다음 내 빨래는 뉘에게 말 걸까?

바다의 안부

어느 무더운 여름날
재래시장 귀퉁이 어물전에서
모시적삼 차려입은 초로의 남성
조기 한 마리 들어올려
후각으로 신선도를 가리고 있었다

버럭 화가 난 주인이
이봐요! 남의 생선을 냄새는 맡고 난리우!!
초로의 신사 껄껄 웃으며
오, 아니오, 그게 아니라 제 고향 바다의
안부를 귓속말로 물었을 뿐이오

솔깃해진 주인
그래, 그놈이 뭐라 합디까?
아, 그게 말이오

제놈도 떠나온 지 한 이레나 지나
잘 모르겠다네

초로의 홀연한 사라짐

극세사

옛 경희궁터 금천교를 내려다보며
쉼 없이 "망치질하는 남자"
조너던 보로프스키
언제부턴가 광화문 동네 오늘 내일을 다듬는 손
까만 쇳덩어리로 잠겼다 떴다 하는 손
광화문 바람은 죄 모이는 빌딩 숲에서
한국의 겨울이 춥긴 추웠나 보다
불그레한 극세사로 짠 모자를 썼다

모자는 그 순간 차가운 몸을 덥히는 태양이 된다
납작한 몸에 혈관이 부풀어오른다 왕성한 피돌기다
까맣게 언 손이 따수워지면서 망치를 쥔 손 끝까지
붉은 다짐이 차오른다
이때, 팔 척을 올려다보며 나는 외친다
헤이, 망치! 뜨거운 심장으로 광화문을 부탁해!

저 남자 바라보는 어느 따뜻한 눈길이
저기까지 올라가
한 코 한 코 저 태양을 떴을까

관음증

유명산* 그 치맛자락엔요
잠 안 자고 지켜봤더니요
미켈란젤로의 천지창조가
눈부시게 있더라구요

우리를 품고 재워준 통나무집은요
별보다 더 반짝이는
유명산 여인의 심장 바로 옆댕이래요, 글쎄

삼삼오오
방마다 다니면서요
사랑이라는 보일러를 틀어주고요
그 비싼 산소라는 향수를요
자꾸자꾸 뿜더라구요

하나도 안 놓치고 봤는데요
만물 잉태한 그곳은요

밤을 클릭하니까 별이 뜨구요
젖꽃판 더블 클릭하면요 달이 떠요

타오르는 불춤 주위를
주문처럼 빙빙 돌면요
장작은 뜨거운 감자알을 낳는다니까요

숲에만 들면
난 왜 그렇게 콧구멍 입구가 싸한가 했어요

그날 밤
해바라기 수직을
무심한 수평으로 눕게 만드는
치마의 마법을 봤다니깐요

* 유명산 : 경기도 가평에 있는 해발 842m의 산.

밥상

속닥한 평수의 아파트라
식탁 대신 접이식 밥상을 쓴다
세월의 힘만큼 이리저리 부딪혀 흠도 많다
단풍나무로 빚은 밥상 그 중심엔
쬐끄만 상감 문양의 물레방아가 돈다
바람 불 적마다 햇가지 나와
수많은 식사가 쌓였던
붉고 푸른 물든 단풍숲이 첩첩했다
무논 개구리 소리 요란히 지나고 나면
산나물 들나물 제철 먹거리가 수도 없이 지나갔다
빤닥빤닥 식솔들의 이마들 더 가까이
몸 기울여 들었다
물레방아 소리를 단풍나무 내력을
지금도 바람 불 적마다 햇가지 돋고 밥상이 들녘이다
훌훌 시집 장가간 식솔 둘러앉아
무논 개구리 떼처럼 와글와글 와글와글
이제는 그들의 등을 읽는다

단풍나무 숲 물레방앗간에는
매일 지지 않는 쌀꽃이 핀다

고매사귀古梅四貴

단속사지 절터에
육백 살 정당매政堂梅는
피움을 그윽히도 머금었구나

산천재 앞뜰에
덕천강 은하 십 리를 먹은 남명매南冥梅는
번잡함을 삼가 몇 송이 숨어 피었구나

해묵은 어미 감나무를 지나
'하즙'*의 원정매元正梅는 수수백년
늙어 귀함을 향으로 여겼구나

세세년년 흘러도 지금껏 열매 맺는
담장 너머 고매들은
몸집 늘려 굵어지지 아니하니

꾸밈을 기다리지 않아도 빛나고

봄을 기다리지 않아도 영화로운
천 년에 닿을 저 아득한 긴장감!

이 모두를 어겨 사는
이 내 모습, 어떠하신가

* 하즙(河楫, ?~1380) : 정당매를 심은 '강회백'의 외조부.

수족도手足圖

오래된 벽에
앤티크해서 못 버리는 시계가 있다
이때 저때만 되면
창을 열고 숲속처럼 울어대는 뻐꾸기가 산다
엇박자 발품으로 열두 대문 열릴 적마다
그 울음소리는 진하고 슬펐다

생生은 쏘아올린 살 같다며
제 몸 속을 데워 나이테를 새기는 시인이 있다
둘레길을 외각으로만 돌다 보니
왼쪽 발이 커졌다
신발을 사도 그쪽부터 신어봐야 맞는다
짝짝이 발로 생生에서 몰沒의 언덕까지
쉼 없는 외줄긋기가 많이 닳았다

측은지심 시인은
자꾸 늦어지는 뻐꾸기 목발을 앞으로 옮겨준다

천길벼랑에 매달려 수억 수조, 시간의 풍류를 달고
갈기 휘날리던 것도 옛말
아, 시간도 세상을 뜨는구나

가는 것에 물들어
어느날
가슴창이 열리면 "뻐꾹 뻐꾹"
내가 울고 있었다

청자상감운학모란문 장고

흙 속에 하늘 들어와
천하제일 비색翡色이구나
청자 상감象嵌 붓질마다
울음통을 날아가는 천년학이여

조롱목 잘록한 허리춤에
유영하는 흰 모란
달빛으로 젖어든 밤에
학을 탔네 구름을 탔네

세상 모든 아픔 저 산허리를 넘어
화형 같은 불 속 드나들며
홀로 밝힌 저 고독
신선의 세계를 몸 안에 품고자
천도의 빙렬을 어찌 견뎠을까

자토瓷土의 사랑앓이

무당굿 사흘 밤낮을 봉헌하며
너는 내 몸에 백토로 새겨진 화석이구나
멈춘 듯 날아가는 운학이구나

곰팡이꽃

비닐하우스 골방 문을 열자
메주 곰삭는 소리 "썩어 콩알, 썩어 밀알"
제 속의 온도만으로 푹푹 썩어가는 저 순도
온 고향을 떠메고 온 듯 서로 부둥켜안고
어찌나 몸이 익었는지
도시가 표절할 수 없는 천신天身이다

퇴적암 사이사이 몇 겹의 바다가 다녀가듯
연푸른 연애도 가고
콩밭 매던 아낙의 허리춤이
누런 사리가 되어 맺히던 일
연인 찾아 며칠 밤낮을 달려온 걸까
빼빼마른 깍지에 들앉아
혼자 혼자 내공을 쌓던 일

내 안에 사리는 터라도 잡았을까
혼자 뉘일 집 뼈대는 올렸을까

아니, 온몸으로 썩을 마음은 먹었었는지
사리까지는 아닐지라도 봉분 같은 곡선으로
그 안에서 도란도란 잘 익어갈 수 있을는지
내 몸 흙색 사리 되올는지

제2부
나뭇잎의 QR코드

나뭇잎의 QR코드

참, 이상하다
내가 진정 나무이고 싶을 때
낙엽이 진다

이 세상 불을 다 먹은 듯
　　　　술을 다 마신 듯
　　　　사랑 다 가진 듯
네 곁에 내가 붉었듯이
그렇게 낙엽이 진다

진정 그것이고 싶을 때
귀도 물들고
입도 물들고
속살까지 물들어
뜨거운 낙엽이 진다
절정에 취해 몸피 가랑가랑하지만

괜찮아,
내 곁에 네가 뜨거웠으니
그 곁에 내가 뜨거웠으니

그거래요

사랑은
외로움이래요
참 많이도 아픈 거래요
빗물이래요
범람하기도 하는

부서져 죽었다가
그의 기쁨이고 싶어서
두 개의 태양같이
다시 떠오르는 경이로움
그거래요

미술관 사는 엄마

미술관 〈리움〉에 가면
수를 다한 암거미가 산다
거뭇거뭇 칠이 다 벗겨진 강철 자궁 안에 알을 품었다
기골이 장대했던 몸체를 늙고 낡은 가는 다리들로
닻을 내린 푸릇푸릇한 슬픔
고대광실
거품 버글대며 비단 뽑던 암갈색의 청청한 몸
밀물썰물 들락이며 날것으로 펄떡이던
그 무작정의 내부는 이제 텅 비어서
금세라도 무너져내릴 만큼 허하다
온기 식은 강철 우리 안에 알을
기어코 부화시키고서야 눈 감을 저 엄마

언제 숨 거둘지 모를 내 엄마, 그의 꽃이던 나는
쿨하게 바칠 그 아무것도 없는데
이제 다시 살아보라고 내 자궁에 거둘 수는 없을까

곶감 오디세이

한 해의 꽁지
상암벌 게르에는 30년 최종회
갈라 마당놀이가 있었다
은퇴하는 광대 3인이 서로를 마주 보며
"쪼글쪼글 곶감이 다 되었네 그랴"
스타 광대가 그냥 거저였겠는가
세월 껍질 돌돌 말아내고
단순한 알몸 하나로 설치미술이 되는 일이
천공의 홍등으로 뜨는 일이

시 짓는 일에 가슴 풀어헤치던
나
몇 굽이를 더 발갛게 얼어터져야
저 분 옷 한 벌 걸쳐질까
햇빛 몇 점 바람 몇 점 언제까지 내게 올까
온몸 보시하고
밝은 빛으로 잇댈 몸의 잉여 새까만 씨앗

심장에 품고
따사로운 봄날의 부름에 응답할
부화의 꿈으로 꿈틀거릴 저 투명한 눈망울
빛나는 졸업장

아무렴

종鐘이 속을 비운 까닭은
그 소리 멀리 가기 위함이고

장미가 절세가화佳花인 이유도
꽃잎끼리의 섬겨 받듦이다
애걸복걸 서로 향을 뿜어주기 때문이라

몸을 빌어 사는 사람이 아름다운 건
그 몸의 반쯤 허물어 사랑하기 때문이라
아무렴 그런기라
꽃으로 꽃잎으로 사는기라

척—

── 겸재의 『금강내산도』 扇

일만이천봉
한 손에 틀어쥐었다가
척— 하고 펼친다
솔솔 부치면
이 한몸 봉래산 향내에 취해
이대로 신선이 될지도 몰라라

장안사 뻥 뚫린 무지개 다리
청청히 접었다가
척— 하고 펼친다
솔솔 부치면
똑또그르 똑또그르
이 한몸 쏟아지는 소리에 취해
이대로 열반에 들지도 몰라라

숨비소리

수심 깊어 고래가 사는 곳
마음 속 오름 하나씩 품고
고무 옷 잠녀潛女는
검푸른 바다 속으로 잠기어 갑니다
태왁*만 하얗게 떠서 기도합니다
바다의 딸 오름처럼 유순하게 돌아오기를
청정바다 심연에서 따온 가시보다 더 가늘고
아픈 첫 숨소리
자맥질에 지쳐 등뼈로 뿜어내는 휘파람소리
수많은 유성들이 수면에 내려앉아
바다별로 다시 태어나는 몸짓
딸려온 일용할 양식들이 내는 목숨소리
수십 물길의 고비를 막 건너 울대를 넘어오는 낡은 목가
삶의 기운이 소진한 후에
새 생명의 호흡으로 들어가는 소리
내가 쓰러질 때마다
파도의 안팎에서 흔들리며 흔들리며

삶을 접속하는 꽃 소리 물 열매 소리
허랑한 부표 바다 뒤편 그 먼곳으로
몸을 저어 물질하는 나는 해녀였습니다
고무옷 잠녀潛女였더랬습니다
아,
내 숨의 뿌리는 바다에 있었습니다

*태왁 : 해녀가 물질할 때 몸을 의지하는 용기로, 채취한 해산물을 담는 망사리
　　를 달아놓기도 하는 속이 빈 박.

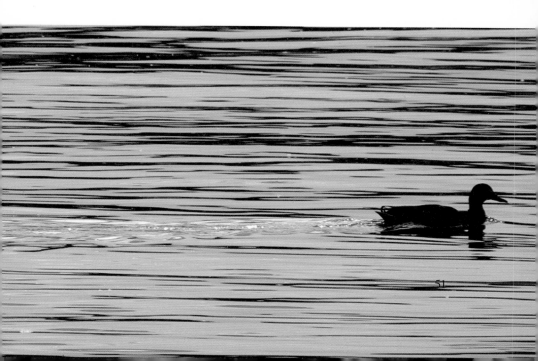

천축국 월광 소나타

밍샤산 동쪽 절벽에
검은 점처럼 박힌 무수한 동굴들
실크로드 여로에 지쳐 안거하던 작은 사원들
수천 황금색 부처의 계시가
한 순례자의 손목을 잡고 길을 지우네

천축구곡의 예던길*
학승의 절절한 오언절구
낙타에 실려 유배되던 용자聳恣
오체투지로 써내려간
천불동 모래 능선의 선율 358센티

제 몸 다 드러내지 못한 채 불수의 신세로
그렇게 깜깜하고 무섭던 천축국의 길이
그 발품 올올이 별빛으로 따라와
월하천 아득한 명사십리 월광 소나타로 나리네
찬연한 신라의 붓다로 깨우네

모래 속에 켜켜이 파묻혀
천천 년의 귀향 오, 왕오천축국전이여
불초 합장하나니
탈육하는 신령한 그 길
용솟음치는 그리움도 행복이어라

* 예던길 : 선인들이 걸어간 삶의 길. 즉 생애.

함函

통인가게 궤 앞에서
몸집 작은 나무 궤놈을 만났다
구두 뒷굽이 파묻힐 만큼 푹신한 숲
그 시간 속으로 빨려든다

햇빛이 잘 드는 비탈진 그곳
미천골 산소리 물소리가
손때 묻은 거멀쇠에서 홍건히 흘러나온다

혼자서는 살아낼 수 없다고
지는 해 수백 개가 칠해진 암갈색
인연 고리 거머쥐고 수천 번을 맴돈다
호기롭던 손길 닳고 닳은 지문을 밟고
잘박잘박 가락이 새어난다
결에 생을 바친 텁석부리 소목장의 노래였다
여인 방 드나들던 음통이었다
자분자분 따라 부른다

반들반들 가게 안이 환해진다

페스 다르드박*에 비둘기 날다

지브롤터 해협을 건너는 저 모로코에는
가업으로 무두질하는 사내의 꾸덕살이 있다
"낮에 짜는 일광단, 밤에 짜는 월광단"
사내가 염색통에 코 박고 웅얼거리면
날개 같은 가죽옷이 뚝딱 세상에 나온다
모로코 산 양질의 가죽은
그 사내 골백 번의 콧심과 수없이 다녀간 비둘기 똥의 발자국
이다
눅눅한 날이거나 꾸덕살이 몸살을 앓을 때면
대형 물감통에선 수천 마리의 비둘기가
한순간에 날아오른다
두엄통 냄새를 동반한 그들의 날갯짓은
의복이 날개라는 깨알 같은 문자를 떨구면서 찬란히 부서진다
대초원의 아프리카를 살아낸 비둘기 똥이 그렇게 색 웅덩이에
서
환생하는 순간
그 꾸덕살도 없이 날개를 가지려 했던 천벌인가

내 명치 그 안쪽이 돌로 굳는다
철썩이는 파도가 돌쩌귀를 부수고 머금었던 단단함이 풀리고,
열리고
내 명치가 저처럼 눈부신 지느러미로 날아오르는 날
언젤까 몰라

* 다르드박(DAR DBAGH) : 대형 염색통.

바보 겨울나그네

찬바람 세차게 부는 성문 앞이다
보리수 서 있고 뮐러는 남루하다
의성어처럼 피아노 선율 비칠댄다
여보게, 실연당할 수도 있지
스물네 곡 목숨 걸고 휘청거릴 일인가
그 누구도 돌아오지 않은 길을 스스로 팔 일인가
따라오던 까마귀는 길조라네
박카스라도 먹고 결연해지게나
그 누구는 해탈한 자리가 보리수 밑이라네
종으로 횡으로
아슬아슬 방탕은 아니었기에
그대 발등에 연민의 눈물 떨구네
거리의 풍각쟁이 손풍금 멈추지 않듯
아직 끝나지 않았다네
이천 년 후
찬바람 세차게 부는 겨울 속이다
그 속에 슈베르트 그림자를 딛고 내가 서 있다

여보게 겨울나그네, 바보, 찌질이!!
하늘이 잿빛이건 무지개빛이건
푸른 보리수 한 그루 그 깊은 보리수를 위하여
여보게 넘치는 눈물이 되어
나는 너에게 담겨지네
지금 막 우편마차 다녀간
여기는 성문 앞 깊은 우물가라네
지구상에 머물고 있는 이 슬픈 체류는
겨울나그네를 듣기 위함이라네
홀로 둘 수 없기 때문이라네

59

막춤

― 비람 풍선

누가 벗어논 허물일까
허공으로 막춤이 뽑혀 나온다

미쳐야 사는 일
아내를 사별하고
공중부양되는 한 사내

외짝으로 신장개업만 초대되어
오체투지로 일어서는 남자

비틀고, 구기고, 흔들어
허공을 굴착하는 사지가
과거를 묻지 말란다

그리움의 아득한 지층에서
어둡고 습한 기억을 호명하는 웃기지만
웃지 마라 막춤의 후렴을

아프게 아름다운
착—착 접혔던 슬픔 말리지 마라
엎질러지는 이 몸짓을

존재의 발원지 터질 듯이 밀어내면
장대만 한 키 어룽거리는 몸
어느 이름이 벗어논 허물일까

심증

가슴 며지게 아픈 것은
아무래도 가슴이 있었던 곳에
뭔 일이 있었던 것이야

그리움이 사무쳐 꽃이 폈든지
생명이 꺼진 곳에 움이 텄든지

새벽을 가르는 첫차의 기적처럼
허열이 분출하는 분화구에

바오밥나무 몸통 닮은
사내 하나 심긴 거야

먼-먼 낙타 울음 들리는 것은
아무래도 가슴이 있었던 그곳에
아득한 사막 하나 들인 거야

63

전령

나무들의 앙상한 포옹이 끝나고
가지 끝에 생긴 열꽃 뽀루지
환하게 터트리고 말 홍조가 가렵다
가래톳 굵어지며 여물린 꽃몸살 오한이 온다
바람에 몸 부풀려 해산기 돌면
빠르고 빠른 피돌기는 현기증이다
햇빛 낭자한 날
천국의 모습 궁금한 이여 여기 이 바람을 보라
양수를 출렁여
어디 눈부시지 않는 봄날 있더냐

야! 봄이다

바다 호텔

바닷물이 가슴속까지 들이치는
그림보다 예쁜 방에 여장을 푼다
바다 쪽으로 귀를 열고 짠내를 맡는다
밤이 되자
까맣게 소등을 한 채
바다는 잠들지 못했다
쏴―아 쏴―아
저 퍼런 가슴에도 대못 하나
박혔나 보다
굼실굼실 몇 겹의 하얀 뱀들이 똬리를 푼 채
처연한 울음을 끌고
내 안으로 쳐들어오고 쳐들어온다

너는 내 속에
나는 네 속에 스며 스스로 우는 물 속의 방

연리지

가슴에 쑥 들어오는 빈자리
나는 눈물이 괸 눈으로 휘파람을 불었다

외롭지 않으면 못 하는 것
한 몸이 돼서도 패이는 아득한 그리움의 홈

제3부

누가 용의 비늘을 보았는가

누가 용의 비늘을 보았는가

속 깊은 대야산 골짜기
너럭바위 등짝에 거치른 용 비늘이
옥류의 물소리를 듣고 있다
소沼에는 옥구슬 흩뿌린 듯 속이 훤하다
돌단풍 키우며
불멸의 옛길을 아직도 흐른다
억 광년 돌 속에 물 속에 들앉아 돌만 깨는
석수의 정소리 귀가 짠하다
저 아래 무당소沼까지 내려가
치성하던 여인의 정화수 위에 어른거려 본다
천일 동안 기다리다 화석으로 남기까지
그 목숨줄 풀었었다
아직도 천변만화의 비상을 꿈꾸며
너럭바위 햇살처럼 반쯤 눈을 감고
옥류의 물소리를 듣는 늙은 용 한 마리,

그 깊은 전설의 그루터기에 내가 앉은 채
나이테의 턴테이블은 돈다

장인匠人

흘레도 없이 몸을 푸는 거미는
대-단하지
학교 문턱도 못 갔으면서 공중부양 건축법은
더 대-단하지
망연히 바라보던 허공을
밧줄로 꽁꽁 동여매는 거미는
더더욱 대-단하지
우주를 품은 그 영롱한 수억 개의
이슬까지 매단 인타라망*
저 장엄한 장인匠人의 그것이 늘 부러웠다
발 여덟 개로 허공을 장악하는
저 장인이 참으로 부러웠다

연일 올림픽 폭죽이 터지는데도
깜깜하고 깊은 곳에서

나의 민무늬 팔약근은 옴찔옴찔 노력 중이다
형설지공 다 때려치우고
저 똥꼬가 되려고 피나는 훈련 중이다.

* 인타라망 : 불교 화엄경에 나오는 말. 제석천(帝釋天, 인타라)의 궁전에 쳐져
있는 보석 그물. 수많은 그물코 하나하나에 보석이 달려 서로 마찰 없이 빛나
고 있음.

쏭네 피요르드

먼 빙하 속에 살다가
그는 요정
나는 여정旅程으로 만났다
그는 폭포로 뛰어내렸고
나는 온몸으로 걸어 올랐다
쏭네 피요르드 산꼭대기에서 만났다
다시
그는 자유롭다고 울부짖었고
나는 얽매였다고 깔깔댔다
그는 빙하폭포로 굴렀고
나는 오체투지로 올랐다
그는 트롤 요정이었고
나는 빙하가 되었다
모이! 모이!*
우리는 단 한 번 인사를 했을 뿐이다
내가 나로 되어가는 길목에서

* 모이 : 노르웨이 어로 안녕이라는 인사말.

카스트

뱃사공의 아들이
뱃사공의 아비와
곧 뱃사공이 될 아들까지 그 강가에 앉아 있습니다
어느 순간
제일 어린 뱃사공이 목을 놓아 웁니다
그들이 함께 바라보던 갠지스는 유유히 흐르기만 합니다

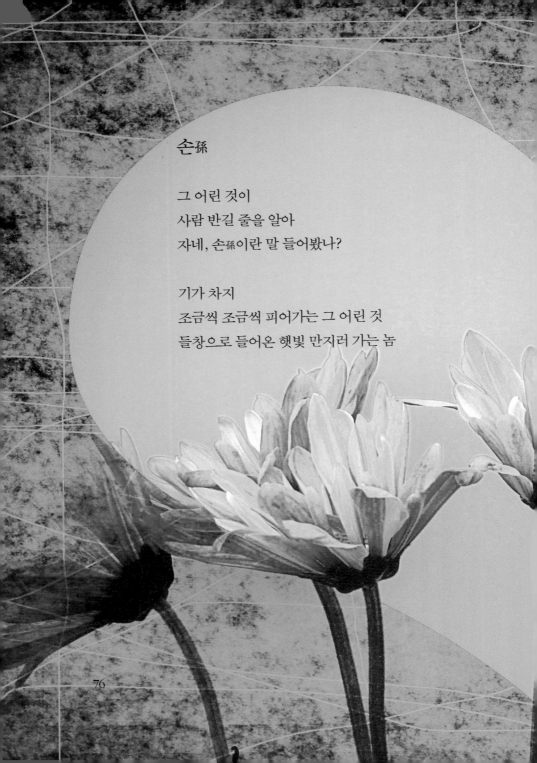

손孫

그 어린 것이
사람 반길 줄을 알아
자네, 손孫이란 말 들어봤나?

기가 차지
조금씩 조금씩 피어가는 그 어린 것
들창으로 들어온 햇빛 만지러 가는 놈

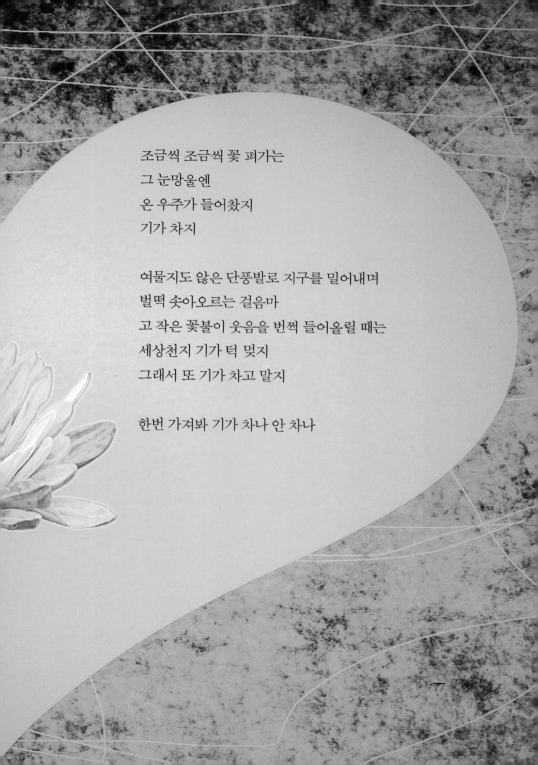

조금씩 조금씩 꽃 펴가는
그 눈망울엔
온 우주가 들어찼지
기가 차지

여물지도 않은 단풍발로 지구를 밀어내며
벌떡 솟아오르는 걸음마
고 작은 꽃불이 웃음을 번쩍 들어올릴 때는
세상천지 기가 턱 멎지
그래서 또 기가 차고 말지

한번 가져봐 기가 차나 안 차나

당고개

끝물 매미소리 우거진 입추 그 근방
제물로 바쳐진 처자인가
가녀리게 흘러드는 이 비 가락은

팔자 도망 택도 없어
바람이 다듬은 선 고운 언덕 그 찬 마루

부슬거리던 비도
그 고개 어름에서는 무녀의 춤이었나

모진 풍상 건너온 바리데기
기약 없는 생의 아득한 공간을 드나들이하는 이여
이름을 잃었는가

수많은 세월 덧대어 생긴
물색없는 당골역 귀퉁이에
무속을 변주하는 그날의 여우비 빌어

세모진 흰 무명천 만장처럼 나부끼었나

길을 묻고자 의지했던 엎뎌진 그 조그만 집들
길흉화복 내어주며 버글대던 문전
속태 겉태 닳고 닳아 납작납작한가

두어라
곁눈으로 흘낏거리던 내 속기俗氣
꼭 한 번 오고 말 것 같은

배꼽항港

가와바다 야스나리의 '설국'을 가기 위해
비행기째 휙 날아오른다
그리 오래지 않아 내 떠나온 그곳이
밑으로 깨알처럼 멀어진다
비행기가 제 발을 오무려 들이는 그 순간부터
내 몸엔 날개가 돋기 시작한다
어둡고 아득한 공간 내 태아기의 어머니 몸 속, 태고의 바다
엎질러진 청춘의 잉크 물 같던 그 바다를
떠나올 때도 그랬다
배꼽항港의 비린내도 따라왔었다
뿌리째 뽑아온 내 바다 넘실댄다고
쪼글쪼글 구겨진 바다 함부롭게 잊었다
거들떠보지도 않았다
햇볕에 졸아 달빛에 졸아 가문 전답처럼
실강江만 흐르는 그 바다 지금도 이생에 계신다
청청했지만 내 뒷골목의 만행
아직도 바람이 불 때마다 내 심장에서 헤엄치던 것들은

비릿해지면서 무겁게 닫힌 자궁 바다 빗장을 연다
세상하고 품이 맞지 않아 거북할 때마다
그 바다 그리웠다
그렇게 홀렁홀렁 떠나는 게 아니었다
세상에서 가장 오래된 주제, 그 바다가 마르지 않기를
나는 바랐고, 하마, 혼백이 희붐해져 챙김도 버림도 모르는
그 바다를 밥먹듯 버리는 몹쓸 나는 딸년이 맞나?

소래포구

녹슨 기찻길 따라
소래포구 가는 길
엄니의 비릿한 앞치마와
허름히 함께 늙어가는 갯내
후루루 허공을 훑는 바람 속에
아코디언처럼 슬픔이 접혀 있다
설익은 내게 질러대는 목청은
탁하지만 곰삭았다

육덕으로 빚은 소래포구 새우젓은
그래서 달보드리한 간간짭짤이다
새털구름 뜬 수평선에 젖고 저녁놀에 젖어
갯내 흥건한 포구
씨알 좋은 암게를 만선으로 돌아오는
어촌 바람은
고랑고랑한 작은 바다 다부진 아낙의 품에
한 번씩 묵어 가고픈 삶의 우수리다
내리쬐는 가을 햇살 껴안고 빤닥빤닥하는
저렴한 행복이다

마음 다스리는 법

화가 나는 날은
청소기를 돌린다

잔등에 콩알만 한 불만 켜도
놈은 화부터 낸다
미친 듯이 고래고래 소리 지르며
사방 구석을 헤맨다
야생의 이빨처럼 놈은 잡식성이다
연신 소화가 되는지
'숭숭' 방귀를 뀌어가며
제 패악 외에는 초인종, 전화벨, 사람 말은
다 깨뜨려 버린다
콩알만 한 불을 꺼주고 잠재우기 전에는
되놈 같은 고집을 이길 장사가 없다
그러면 뱃속을 채운 그 많은 포식물은 어찌 될까
별수없다
내가 그놈을 잔인하게 분해해서

위胃 뚜껑을 턱 연다
거꾸로 든 채 물고문보다 더한 고문으로 겨드랑 털끝
하나까지도 탈탈 털어내고 꼼꼼한 공복을 넣어주는 수밖에
놈은 아무리 패악을 부려도
제 머리 제가 못 깎는다
잠긴 내 화(anger) 통도 어느새 털렸나 보다

까불지 마라
떠들지도 마라

나리꽃

팔월은 화덕에 올라앉았고
매미는 절정에 앉아 자지러지네
온천지가 펄펄 끓는 방학
엄마 집에 곁방 살던 내 젊은 날
그 시간의 그늘에 앉아 옛일에 드네
자꾸 목이 메이고
수고롭던 내 생을 밀치고
일 년 동안 흙 속에서 올라온 깨꼼보
나리꽃의 나팔소리 들리네

봄의 환幻

환장허게
봄꽃이 피네

애愛샘이 맘껏 열려
나조차 봄꽃이것네

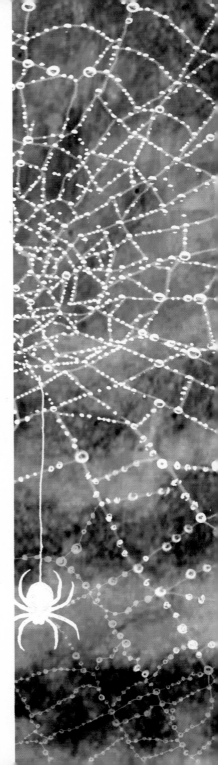

도형

가을 새벽
거미줄에 붙들린 조그만 이슬 알갱이
비치는 방울 속마다
살뜰히도 우주가 숨어들었다

서로가 마주해
무극으로 순응하더니

볕 받아 흔적 없이
눈에 물기 돌게 하더니

내 속에
무덤처럼 뻥 뚫린 구멍 하나

무량수전 배흘림

하늘도 비 내렸다 눈 내렸다
바꿔보는데
무량무위 금당의 남자
천 년이고 만 년이고
닫집에 갇혀 지루하였네
천의天衣를 흘러내린 터질 것 같은 저 맨살의 육성
만만 년의 강물이네
가슴에서 배어나온 꽃물에 빠져
아, 그냥 지옥 가고 말것네

하늘 청소부

봄하늘을 싹싹 쓸어내면
새악 같은 파란 씨앗 물고 있을까
여름 하늘 싹싹 쓸다 보면
폭포 같은 매미소리 까르르 쏟아질까
구름 무늬 쓸어내면 소낙비 씨앗 숨어 있을까
바람결을 살짝 들춰보면
바람개비 씨앗 돌고 있을까

가을 하늘 싹싹 쓸어보면
감빛 같은 단풍잎들 와르르 쏟아질까
겨울 하늘 싹싹 쓸다 보면
눈사람 발가락 꼬물락거릴까
돌돌 말린 밤과 낮의 깁을 쫙 펼치면
하늘님 쏘옥 나올까
달꽃, 해꽃 물 주고 계실까

토종 민들레

샛노란 말로 개발에 항거하다
울음 끝에 매달린 이름
앉은뱅이꽃

하늘 맛을 보려고
보도블록 틈새
문명을 밀어올린 저 호기심

떠다니는 새빨간 말에
몸 낮춰 살아도
침묵보다 더한 몸통으로 하는 말

참꽃이 피듯 맨살로
분칠 한번 않고 지켜낸 생生

호백발 외마디
하얀 뼛가루 되어
또 어느 우주를 들어올릴까

바이칼 호수

오믈*이 노니는
바이칼 제일 수심에
하늘이 내려와 있었네

자작나무 단풍 한 번 들 때마다
한 치씩 깊어지고
다차*의 무늬목 창이 안으로 잠길 적마다
한 뼘씩 사랑도 깊었으리

백야가 지고
앙가라 지류에 펄펄 눈발 날리면
펄펄 물빛도 날리면

수억만 마리의 목숨을 품은
지구의 커다란 자궁
심오한 양수 속에
욕망으로 너울대는 수초

무당이 잊혀진 이름을 초혼해내듯
저 물 속에 빠져 내 안에 단단히 묻힌
여러 겹의 시를 장하게 불러내고 싶었네

사는 동안 반려인 저것들은
저 황홀한 전율들은
갈 길 몰라 닦달하며 살아온
내 잘못된 열정이 한순간에 멎었네
멎어버렸네

* 오믈 : 바이칼 호수에서만 사는 물고기.
* 다차 : 러시아 사람들의 여름 주말농장.

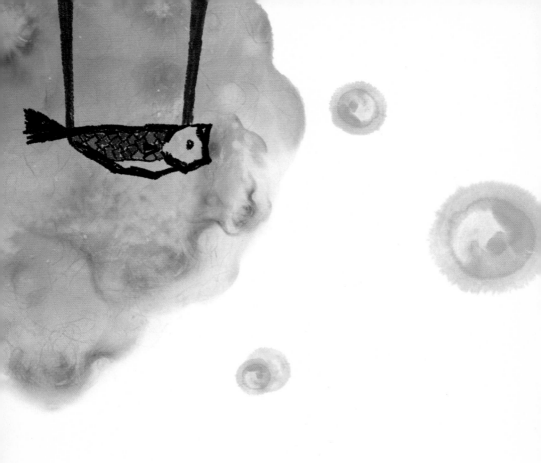

목어

파도가 한 번씩 들고 날 때마다
삼색 등비늘 엷어갑니다
추억은 퇴색할수록 곱다고
단풍 든 오방색이 바다 따라 갑니다
물길 오르내리며 내었을 길을
가을도 따라갑니다
지금은 눈뜨고 매달려 바다를 듣지만
다 엷어지고 나면
그 몸 뒤집어 반야용선 같으시다

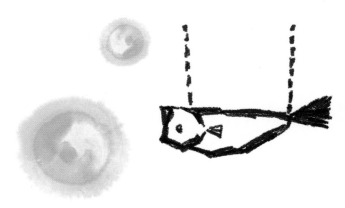

제4부
차마고도

차마고도

차마고도는 하늘 내려앉은 곳
차마고도는 땅이 솟아오른 곳
운무로 허리 두른
마방의 말방울 삼라를 깨우네
미친 듯 흘러예는 금사의 원류 사랑의 시원
우―우― 차마고도 차마고도

하늘 사람 땅 하나 되는 곳
사람 땅 차마가 하나 되는 곳
언제 다시 오리 나시 협곡을
언제 다시 불러 보리 아르갈의 향기를
에델바이스 손짓하는 저 너머의 세상을
우―우― 차마고도 차마고도

아, 티베트

길에다 몸을 바치는 그들
라싸 분지에는
타르쵸 뚫아내려 삽작에 걸고
파랑, 하양, 노랑, 빨강, 녹색
하늘, 구름, 땅, 불, 물 그러모아
허공에 걸어두고
길에다 몸을 바치는 그들
저 포탈라 궁 너머
그 무엇이 존재하기에
머리 풀고 치솟는 향불 너머
그 무엇이 존재하기에
고통의 삶을 적고 있는가
산소조차 척박해 숨을 할딱이는 나그네
깊디깊은 바다에서 하늘까지
용맹히도 솟아오른 라싸의 땅에
촉촉히 이마를 대어보네

얄롱창포 강

강물은 갠지스로 흐르고
인걸은 수장되어 하늘로 흐르네
여자는 누워 남자는 엎더
삶의 쉼표를 얄롱창포에 묻네
수장하고 어장하고 고기밥 되네
갠지스 용궁에 흘러 평화를 얻네

얄롱창포 강가에
이름 모를 들꽃으로 다시 피어나
타르쵸 흔들며 노래 부르네
돌고 돌아라 돌고 돌아라
흘러 돌고 불어 돌고
죽어 돌고 살아 돌고
돌고 돌고 너도 돌고
또 나도 돌고

＊ 얄롱창포 강 ; 사람이 죽으면 3일 후에 수장(水葬)하는 티베트 라싸에 있는 강.

룽다*

히말라야 연봉들이 장벽처럼 늘어서 있고
불모의 대지 위에 홀연히 발현한 구게왕국
어제 그린 듯 선명한 벽화가 빛을 쏘아낸다
수천 년 전부터 수미산이라 여겼던 카일라스 가는 길
실처럼 가는 길 그 어디쯤에서
수행 동굴에 앉은 활불의 경소리 가슴을 치는데
천장天葬으로 치러질 사람으로 태어나
무연無緣이던 우리가 오늘 이 깊은 만남을
땅 속에 적고 가노니

사막을 달리는 소금의 노래를
야크의 흐느낀 노래를
펄럭이는 룽다의 오색 깃발을
아니, 구름처럼 흩어져 아무것도 아닐 그대 혹은 나
이곳에 묻노니

우리가 알 수 없는 곳, 우리가 가 닿을 수 없는
머나먼 곳까지 천지사방으로 흩어지고 퍼져
끝없이 펼쳐진 푸얼 차밭의 끝
숭고한 여정의 끝에서
오체투지로 되돌아와
차마의 고도에서 다시 조우하기를
바람이 불 적마다 룽다는 펄럭이고 펄럭일 때마다
마퀴토가 이끄는 마방들의
말방울 소리가 오늘도 귓전을 울리네

* 룽다 : 부처님 말씀을 판본으로 찍어 솟대 끝에 매단 오색의 깃발.

스투파 돌탑 앞에 조아려

설산 일곱 개의 고요함을 깨고
일백 마리의 야크와 유목민 몇,
길한 날을 택해 향나무 가지 향을 피우고
천조각 걸어 신에게 안녕을 비네
온 길보다 더 먼 길을 떠나야 하네
아, 야크의 땅
그 야크의 목동들
돌밭길 앞뒤에서 일생을 걸고
카일라스 산에 오르네
카라반의 흙길 오랜 세월 풍화되어 밀가루 되었네
소금 한 포대와 옥수수 세 포대를 물물교환하며
신화와 전설을 가진 땅
지금도 새와 쥐만이 다닐 수 있다는 조로서도鳥路鼠道에
마방 행렬이 실핏줄처럼 줄을 잇네
히말라야는 장벽이 아니라 통로였네
순수 야생의 거처
생의 마지막까지 보시하는 영혼들

척박한 땅 비옥한 바람으로 사는 이들
거치른 자연을 승화시켜 하늘 가까이로 가는 이들
비가 오나 해가 뜨나 자연 채광으로 사는 이들
웅얼웅얼 땀과 눈물이 배어오는 기도
히말라야 다락에서 꺼낸 오래된 전축 같은 소리
온몸으로 쏟아내네

차가운 땅, 귀얄 무늬 선명한 그들이 따뜻해서
여행자는 잠 못다 이루네

호도협

천만 년 고도 위에
네 발 달린 신神의 잔등 노새 위에 올랐었네
조로서도 협곡길을 앙가슴 졸였었네
내 모두를 줘서라도 다시 만날 수 있다면
그 품에 누울지니
그 품에 노닐지니

천만 년 고도 위에
네 발 달린 신神의 잔등 노새 위에 올랐었네
조로서도 협곡길은 우리네 인생길
호랑이의 울부짖음 다시 만날 수 있다면
그 품에 누울지니
그 품안에 노닐지니

얌드록초 호수

먼 먼 바다의 전설을 데리고
아직도 등 푸른 고기 유영하는 곳
아직도 등 푸른 소금 뱉어내는 곳
저 많은 룽다를 받아 들으려
부처님 귀가 그리 컸던가
히말라야 저리 장엄했던가
수정 같은 호수에 가슴을 정구네

마니차 돌리고 돌려
얌드록초 호수 저처럼 맑은가
샛노란 유채꽃 한없이 피어
때때로 부드러운 안개가
깁을 드리우네
수정 같은 호수에 두 발을 정구고
내 갈길을 묻네
무릎을 꿇네

남조풍정도의 비밀

얼마나 많은 별이 쏟아져
이 예쁜 섬이었을까
태초의 만남
숨어 사는 아주 작은 섬에서
초야를 치른다
삐걱대는 나무침대
천 년이나 묵은 마방들의
절절한 환영인사가 아닐는지
가슴까지 들이치는
얼하이〔耳海〕의 저 파도소리는
갈기 휘날리며
광야를 달려오는 칭기즈칸의
말발굽 소리가 아닐는지
미명을 가르며 울어대는 예쁜 새소리
너와 나의 경계를 허무는
여린 몸짓이 아닐는지

너와 내가 하나 말고 무엇이리

티나 객잔

천길 만길 폭포는 뛰어내리고
가슴 창窓을 열었다 닫았다
구름은 몸을 부수네
보라색 양귀비는 누굴 보라 피었나
산정 무릎에 앉아
내 한 몸 이름조차 몰라라

구름 속에서 폭포는 뛰어내리고
가슴 창窓을 열었다 닫았다
바람은 천상을 불어예네
파란 하늘은 누굴 보라 떠 있나
티나 객잔에 앉아
이 한 몸 흘러가는 마방 같아라

고지에 서서

빛바랜 룽다는 어디까지
날아갔을까
허공을 가르는 빗방울은
구름 속을 들러 어디로 가나
안드로메다 떠나온 그곳에
빙하가 흘렀지
순한 야크 순한 돌탑 순한 티베트 인
무채색의 얼굴들
히말라야 설봉 앞에 두고
꿈속에 드네
나 불모의 5000 고지에 서서
시 한 수 읊노니
천리만리 퍼져나가
만만세세 이루세
얄리얄리 얄랑셩
만만세세 이루세

팅그리의 보름달

— 에베레스트 주봉

미명이 터오는 새벽
굽이굽이 수천 밴드를 돌고 돌아
초모랑마 봉
베이스캠프 가는 길
어젯밤 시리도록 청아한 달빛을 받아
목욕재개 다시 태어났는가
주봉 맑은 이마에 소금을 흩뿌린 듯
숭엄하구나
꿈속 같은 전생이 여기 있었구나
우리네 복닥이던 그것은
아무것도 아니었구나
님과 맺어져 예까지 오기까지
오, 골백번의 눈이 내렸었구나
수천 번 기다림의 손짓이
백옥 같은 눈(雪)으로
탑을 쌓고 있었구나
나를 부르는 소리 아득하지만

그 찬란한 가슴을
내 어찌 말로 다 하리
수백 마리의 코끼리가 군무를 추는 듯
신선 같은 구름은
천상의 오케스트라
이 고요한 협주곡은 꿈일까 생시일까
내 그 속에 빠져
숨을 거두리

옥룡설산

들꽃밭에 엎드려
설산을 경배했네
뉘 구름을 걸어놨나
하늘에 흩어진 이름 모를 야생화
용비늘을 흩어서
병풍을 둘렀나
옥치마를 둘렀나
뉘 하얀 무지개를 걸었나

들꽃밭에 엎드려
신산神山을 경배했네
꿈 피우는 우리네 인생아

청산을 입고 누워
이만만 하오리

우화羽化에 이르는 길
—임솔내의 시세계

장 석 주 | 시인

임솔내의 시들은 매우 진지하다. 그의 시편들은 내향적 자성의 시들이고, 삶을 오체투지로, 즉 고행의 한 방편이자 구도求道의 여정으로 받아들이는 자의 시들이다. 진지함은 그윽한 사유로 뻗고, 시공을 자유자재로 넘나드는 활달한 상상력으로 이어진다. 시인은 티베트, 차마고도, 갠지스 강, 피요르드, 옥룡설산, 호도협, 얌드록초 호수 따위의 장소들을 찾아 발을 딛고 눈에 담는다. "조로서도 협곡길은 우리네 인생길"(「호도협」)이라는 구절은 이 여행의 여정이 더도 덜도 아닌 삶의 여정이라는 사실을 보여준다. 여행은 '떠나는' 것이지만 동시에 '돌아오는' 것이기도 하다. 풍경 속으로 떠나는 자는 필경 풍경에서 자기 자신에게로 돌아온다. 떠나는 것이 돌아오는 것이라면 여행에서 출발과 귀환은 둘이 아니라 하나다. 그 하나 속에서 "넋놓게 한 것이 넋을 친다."[1] 장관을 이루는 풍경들은 부재와 현존 사이이서 넋을 놓게 하는데, 넋을 놓는 일은 곧 넋을 치는 일이다.

---

1) 파스칼 키냐르, 『심연들』, 류재화 옮김, 문학과지성사, 2010.

보라, 시인은 에베레스트 주봉을 밟고 눈앞에 주르륵 펼쳐진 풍경을 바라본 뒤 이렇게 외친다. "주봉 맑은 이마에 소금을 흩뿌린 듯/ 숭엄하구나/ 꿈속 같은 전생이 여기 있었구나/ 우리네 복닥이던 그것은/ 아무것도 아니었구나"(「팅그리의 보름달」). 풍경의 숭엄함은 넋을 놓게 한다. 풍경의 숭엄함 속에서 복닥이던 일상의 삶이 "아무것도 아니"라는 깨달음에 이르는데, 그런 깨달음이야말로 바로 풍경이 넋을 쳐서 깨운 각성이다.

여행을 구도의 길과 겹쳐 보는 것은 그것이 자기 발견의 계기적 기회이고, 홀연한 깨달음의 찰나를 품고 있는 까닭이다. 여행은 "기약 없는 생의 아득한 공간을 드나들이하는"(「당고개」) 일이고, "우리가 알 수 없는 곳, 우리가 가 닿을 수 없는/ 머나먼 곳"을 찾아 떠나는 "숭고한 여정"(「룽다」)이다. 임솔내의 상상세계에서 여행은 곧 오체투지를 하며 나아가는 순례이다. 천 년 전에 천축국을 찾아 떠난 순례자가 있었다. 그가 걸은 "천불동 모래능선"의 길들이 오체투지를 한다. 순례자만 오체투지하는 것이 아니라 순례자가 밟는 길도 오체투지를 한다. 천 년의 순례자가 걸었던 길을 천 년 뒤에 따라 걸으며 그 길이 "탈육하는 신령한 그 길"임을 깨닫는다(「천축국 월광 소나타」). 임솔내의 시적 화자들은 기꺼이 오체투지를 한다. "현관에 오체투지로 엎드린 신발들이 참 많다"(「물고기 종(鐘)」). 시인의 눈에는 현관에 엎드린 신발들조차 오체투지를 하고 있는 것으로 비친다. 오체투지가 "길에다 몸을 바치는"(「아, 티베트」) 일이라면, 길에 제 몸을 바치는 것은 길 저 너머에 있는 그 무엇을 얻기 위함이다. 더 높은 곳으로 오르는 일, 즉 "돌밭길 앞뒤에서 일생을 걸고/ 카일라스 산에 오르네"(「스투파 돌탑 앞에 조아려」)라는 구절에 따르면, 설산과 천만년 고도를 거쳐 돌밭길을 지나 카일라스라고 불리는 성스러운 산에 오르는 일이다.

이 구도의 끝은 어디인가? 임솔내 시인의 상상세계에서 우화羽化는 온갖 남루와 비루함을 딛고 삶이 가장 높고 순수한 경지에 이르는 것의 표상이다. 우화란 애초에 "어두운 땅 속에서 수년 동안/ 굼벵이로 배회하다" 날개를 다는 것이다. 아무것도 남김없이 버리고 비운다는 점에서 "모시 수의처럼 텅 비어서도 꿈에게 바친 날들이/ 달디단 것일까/ 저토록 부신 무채색의 집 한 칸"이다. 우화는 저를 텅 비워서 마침내 한없이 가벼워지기인데, "불면 날 듯이 홀홀하고 환한/ 이 한 순간"이기도 하다. 우화는 육신을 버리는 일이다. 육신에 갇혀 있는 한 고통을 벗어날 길이 없기 때문이다. 하지만 우화에 이르는 길은 험난하다. 시인에 따르면 "칠흑 같은 흙덩이 면벽하고/ 음 고르며 겹겹의 하얀거 동안거"(「우화」)를 거쳐야만 비로소 닿을 수 있는 경지이다. 생의 고난들을 초극하는 것이고, 생로병사라는 무거운 이승의 굴레를 벗는 해탈이며, 겹겹이 존재의 눈부신 질적 전환이 이루어지는 찰나이다.

우화의 길은 쉬운 길이 아니다. 그것은 불쇠를 두드리듯 자신을 쉬지 않고 연마해야만 이룰 수 있는 높은 경지이다. 우화를 꿈꾸는 자들은 곧 자신의 삶을 수행의 방편으로 삼는다. 시인은 물욕과 집착에서 벗어나 우화하는 이미지를 일상 속에서 찾아 여러 가지로 변주한다. 비루하고 범속한 일상을 넘어서서 저 너머의 세계에로 초탈하는 일은 드물지 않다. 시인은 밝은 눈으로 우화하는 존재들을 찾아내는데, 우주 안에 있는 것들은 저마다 다양한 계기에서 우화를 변주한다.

> 까치의 부리가
> 깊숙이 몸 안으로 들기까지
> 단 한 문장으로
> 말 걸어오는 저 빛
>
> 나, 언제 저 등불 같은 색에 닿을까
>
> ──「감」 전문

감은 무르익어서 떫음을 벗어나 도약한다. 그 존재의 질적 전환을 시인은 빛으로 물드는 일로 은유한다. 그것은 미숙한 존재가 "등불 같은" 농익은 빛과 색으로 자기를 드러내는 존재의 충일에 가 닿는 것이고,

> 수시로 내 집에서 열리는
> 화엄세계,
> 저 노릿한 쇠종 하나가
> 천년 고찰의 전언傳言인 줄 몰랐었다
>
> ──「물고기 종(鐘)」 중에서

절집 답사길에서 사온 작은 쇠종은 그 자체로 아무것도 아닌 무정물에 지나지 않는다. 그것을 문에 달았더니, 문이 열리고 닫힐 때마다 소리를 낸다. 그 소리에 "입이 열리고", "귀가 트인다". 쇠종이 울리는 문을 드나드는 일은 "예배시간"이 되고, 쇠종 소리에서 천 년 고찰에서 수행자들이 꿈꾸었던 "화엄세계"라는 전언을 듣는다.

후덕한 손씨 종부
팔대손 꽃종부
들판엔 콩꽃
처마엔 메주꽃
장독간 옹기엔 간장꽃

경전보다 깊은
햐,
폈네 우담바라

— 「이백 년 간장꽃」 전문

유서 깊은 종가의 이백 년 묵은 간장이란 무엇인가? 간장은 날마다 먹는 많은 음식들에 들어가는 우리의 토속 장류醬類의 하나다. 이백 년 묵은 간장에 피어난 신비한 "우담바라"는 하나의 기적이고, 간장의 우화일 것이다.

우주에 존재하는 모든 것들, 이를테면 도마뱀, 소금, 석탄, 꿀벌,

소나무, 오렌지, 연기들, 뿌리들, 별, 전갈, 거북, 그늘, 빗방울, 새, 나뭇잎들은 그 존재 자체로 하나의 경이이고, 하나의 물음들이다. 파블로 네루다와 같이 위대한 시인은 그것을 하나씩 호명하는 것만으로도 충분히 시가 된다는 사실을 보여준다. 파블로 네루다의 시집 『질문의 책』을 읽으면, 시란 사물과 우주를 향한 질문임을 기어코 증명한다. 처음부터 끝까지 온갖 질문들로만 채워진 구절들. 그러나 감동적이다. 그 질문들이 순진함과 근원적 호기심이라는 시적 정의를 품고 있기 때문이다.

어디에서 도마뱀은 꼬리에 덧칠할 물감을 사는 것일까. 어디에서 소금은 그 투명한 모습을 얻는 것일까. 어디에서 석탄은 잠들었다가 검은 얼굴로 깨어나는가. 젖먹이 꿀벌은 언제 꿀의 향기를 맨 처음 맡을까. 소나무는 언제 자신의 향을 퍼뜨리기로 결심했을까. 오렌지는 언제 태양과 같은 믿음을 배웠을까. 연기들은 언제 공중을 나는 법을 배웠을까. 뿌리들은 언제 서로 이야기를 나눌까. 별들은 어떻게 물을 구할까. 전갈은 어떻게 독을 품게 되었고 거북이는 무엇을 생각하고 있을까. 그늘이 사라지는 곳은 어디일까. 빗방울이 부르는 노래는 무슨 곡일까. 새들은 어디에서 마지막 눈을 감을까. 왜 나뭇잎은 초록색일까.[2]

질문이란 무엇일까? 그것은 모름을 모름으로 오롯하게 남겨두는

---

2) 파블로 네루다의 「우리는 질문하다가 사라진다」라는 시편인데, 여기서는 필자 임의대로 연 구분을 없앴다.

것, 아울러 존재에 대한 관습적 이해를 깨고 존재를 존재의 처음으로 돌려놓는 행위이다. 저를 향한 질문 속에서 존재는 태고의 자신으로 돌아가 새롭게 자신을 연다. 시인은 질문을 던지는 자이고, 질문들은 저마다 답을 품고 있다. "우리가 아는 것은 한 줌 먼지만도 못하고/ 짐작하는 것만이 산더미 같다/ 그토록 열심히 배우건만/ 우리는 단지 질문하다 사라질 뿐."(파블로 네루다, 「우리는 질문하다가 사라진다」) 사람이란 결국 이 세상에 와서 질문하다 사라지는 존재일 뿐이다.

임솔내의 시들도 질문을 한다. "빛바랜 룽다는 어디까지/ 날아갔을까/ 허공을 가르는 빗방울은/ 구름 속을 들러 어디로 가나"(「고지에서」), "봄하늘을 싹싹 쓸어내면/ 새악 같은 파란 씨앗 물고 있을까/ 여름 하늘 싹싹 쓸다 보면/ 폭포 같은 매미소리 까르르 쏟아질까/ 구름무늬 쓸어내면 소낙비 씨앗 숨어 있을까/ 바람결을 살짝 들춰보면/ 바람개비 씨앗 돌고 있을까"(「하늘 청소부」). 모든 지혜로운 질문들은 이미 그 자체로 지혜로운 대답이다. 질문들이야말로 곧 잠든 세계를 깨우는 죽비고, 이 세계를 향한 전언傳言이었던 것. 이 우주에 존재하는 모든 것들은 저마다 이 세계를 향하여 하고 싶은 말들이 있다. 그것이 바로 시적 전언이다. 시인에 따르면, 그것은 "말 걸어오는 빛"(「감」), "우담바라"(「이백 년 간장꽃」), "홀로 밝힌 저 고독"(「청자상감운학모란문 장고」)이다.

이 바알간 꽃 감옥에 처연히도 가둘챔여?
마른 대궁, 구성진 꽃잎, 맨살로 누워

한 달에 한 번 그날인겨?

얼라, 저 빛깔 좀 봐! 참말로 참꽃이 아닌개벼

— 「고려산 진달래」 중에서

우주 안에 존재하는 모든 것들은 자기 안에 갇혀 있다. 모든 존재는 그 자체로 하나의 감옥이다. 물론 그 감옥을 만든 것은 인습과 타성에 기대는 사람들이다. "참꽃"을 꽃 감옥에 가둔 것은 바로 "참꽃"을 "참꽃"으로 인지하는 사람들의 완고한 관습이다. "참꽃"은 그 붉음이라는 색의 동일성 속에서 생리혈로 연상되며, 어느덧 "한 달에 한 번 그날"을 겪는 여성적 존재로 바뀐다.

어느 날 "참꽃"은 붉고 고운 "참꽃"으로 피어나며 스스로 저를 가둔 감옥을 벗어난다.

모든 존재는 상처를 갖는다. "세월의 힘만큼 이리저리 부딪혀 흠도 많다"(「밥상」) 오래 쓴 밥상에만 흠집이 있는 것은 아니다. 사는 일은 "아무래도 가슴이 있었던 그곳에/ 아득한 사막 하나 들인"(「심중」) 것이고, 모든 삶은 신장개업하는 영업점 앞에서 바람 풍선이 되어 "비틀고, 구기고, 흔들어/ 허공을 굴착"하며 막춤을 추는 일이고, 그것은 "미쳐야 사는 일"이다. 바람 풍선이 텅 빈 사지를 우쭐대며 추는 저 막춤이 "오체투지"가 아니라면 무엇이겠는가(「막춤」).

눈부신 비상을 꿈꾸는 사람이 나아가는 길은 "제 몸 다 드러내지 못한 채 불수의 신세로/ 그렇게 깜깜하고 무섭던 천축국의 길"(「천축국 월광 소나타」)이다.

속 깊은 대야산 골짜기
너럭바위 등짝에 거치른 용 비늘이
옥류의 물소리를 듣고 있다
소沼에는 옥구슬 흩뿌린 듯 속이 훤하다
돌단풍 키우며
불멸의 옛길을 아직도 흐른다
억 광년 돌 속에 물 속에 들앉아 돌만 깨는
석수의 정소리 귀가 짠하다
저 아래 무당소沼까지 내려가
치성하던 여인의 정화수 위에 어른거려 본다
천 일 동안 기다리다 화석으로 남기까지
그 목숨줄 풀었었다
아직도 천변만화의 비상을 꿈꾸며
너럭바위 햇살처럼 반쯤 눈을 감고
옥류의 물소리를 듣는 늙은 용 한 마리,

그 깊은 전설의 그루터기에 내가 앉은 채
나이테의 턴테이블은 돈다

— 「누가 용의 비늘을 보았는가」 전문

이 시는 산중의 폭포수와 소沼, 너럭바위가 어우러진 자연 풍광을
묘사한다. 맑은 물소리는 "옥구슬 흩뿌린" 듯하고, 햇살을 받은 너

럭바위의 등짝은 "용 비늘"이 번쩍이는 듯하다. 시적 화자는 이 대야산 골짜기의 소沼 앞에서 "억 광년 돌 속에 물 속에 들앉아 돌만 깨는/ 석수의 정소리"를 듣는다.

벼랑에서 떨어지는 물소리를 억 광년 돌 속에 들어앉아 돌만 깨는 석수의 정소리로 환치시키는 수법이 절묘하다. 시인의 자유로운 상상세계에서 억광년 돌을 쪼는 석수는 돌 감옥에 갇힌 "늙은 용 한 마리"를 하늘로 올려보내기 위함이다. "천변만화의 비상을 꿈꾸"는 것은 늙은 용만이 아니다. 억 광년 돌 속에 갇혀 돌만 쪼는 석수와 깊은 산골짜기의 소 앞에서 물소리를 듣고 있는 시인은 비상을 꿈꾼다는 점에서 하나로 겹쳐진다.

단속사지 절터에
육백 살 정당매政堂梅는
피움을 그윽히도 머금었구나

산천재 앞뜰에
덕천강 은하 십리를 먹은 남명매南冥梅는
번잡함을 삼가 몇 송이 숨어 피었구나

해묵은 어미 감나무를 지나
'하죽'의 원정매元正梅는 수수백년
늙어 귀함을 향으로 여겼구나

128

세세년년 흘러도 지금껏 열매 맺는
담장 너머 고매들은
몸집 늘려 굵어지지 아니하니

꾸밈을 기다리지 않아도 빛나고
봄을 기다리지 않아도 영화로운
천 년에 닿을 저 아득한 긴장감!

이 모두를 어겨 사는
이 내 모습, 어떠하신가

— 「고매사귀(古梅四貴)」 전문

　식물계의 "피움"은 동물계의 "우화"에 상응한다. 모든 존재는 절
정에서 꽃을 피운다. 우주의 파동과 기운을 끌어당겨 한 점에 집중
한 끝에 피어나는 꽃은 존재의 눈부신 결정結晶이다. 그것이 기적이
아니라면 무엇이 기적이란 말인가! 그 기적은 메주가 곰삭아 "제 속
의 온도만으로 푹푹 썩어가는 저 순도"로 "몸이 익"어가는 일이며,
"누런 사리"로 거듭나는 일에 견줄 수 있을 것이다(「곰팡이꽃」). 꽃과
우화에 이르는 길은 인고의 길이다.
　"꾸덕살도 없이 날개를 가지려 했던 천벌인가/ 내 명치 그 안쪽이
돌로 굳는다"(「페스 다르드박에 비둘기 날다」) 날개를 구하는 모든 우화
는 꾸덕살 없이는 불가능하다. 꾸덕살은 "어두운 땅 속에서 수년 동
안"(「우화(羽化)」) 천형의 몸뚱이로 인고하는 세월의 고단함을 외시까

示한다.

　시인은 고매古梅를 통해 또 다른 우화를 제시한다. 우화의 전제 조
건은 비움인데, 빛으로 충만한 "피움"은 우화에 이르는 길의 완성이
다. 시인은 고매에 꽃이 핀 것을 보며 "피움"이 빛나고 영화로운 것
이고, "천 년에 닿을 저 아득한 긴장감!'이라고 노래한다. 고매들은
수수백년의 세월을 견뎌 목숨을 이어온 묵은 나무의 가지에서 꽃을
피워 뜰에 향기를 가득 채운다. 임솔내 시인의 시편들은 삶의 여정
이 우화에 이르는 길이라고 말한다. 그렇다면 다시 한 번 우화란 무
엇인가?

　　종鐘이 속을 비운 까닭은
　　그 소리 멀리 가기 위함이고

　　　　　　　　　　　　　　　　　── 「아무렴」 중에서

　　속이 비었으므로 빛에 충만하다

　　　　　　　　　　　　　　　　　── 「우화(羽化)」 중에서

　비움으로 탈육하고, 비움으로써 충만에 이른다. 종은 제 속을 비
운 까닭에 제 몸에서 울려나오는 소리를 멀리 보내고, 번데기는 우
화를 끝내고 제 속을 비움으로써 빛으로 충만에 이른다. 우화는 비
움일 뿐만 아니라 존재 안의 더러움을 정화淨化하는 것이고, 존재의
정화精華에 이르는 길이다. 정당매政堂梅, 남명매南冥梅, 원정매元正梅
들이 보여주는 것이 바로 그것이다. 늙은 매화가 꽃을 피워내는 일

은 오랜 인고를 거쳐 법신法身이 되는 일이고, 해탈에 이르는 것이고, 화엄세계에 들어가는 일이다. 시인은 그게 바로 식물의 우화임을, 무거운 몸을 버려서 얻는 것이란 점에서 우화는 궁극적으로 비움의 길이라는 사실을 넌지시 일러준다.

임솔내 시인 약력

시집『아마존 그 환승역』『나를 바꾼 두 번째 남자』
『잠을 깬 아마존의 함성』『나뭇잎의 QR코드』 등이 있음.
문화칼럼니스트, 국제펜 이사, 현대시인협회 이사 · 편집위원 역임.
자유문인협회 시낭송분과 회장, 한국시협 · 한국문협 회원.
영랑문학상, 한국문학비평가협회상, 한국서정시문학상 등 수상.
poetim@hanmail.net

나뭇잎의 QR코드
임솔내 시집

초판 1쇄 발행일   2014년 1월 20일

지은이 · 임솔내
펴낸이 · 김종해
펴낸곳 · 문학세계사
주소 · 서울시 마포구 신수로 59-1(121-110)
대표전화 · 02-702-1800, 팩시밀리 · 02-702-0084
mail@msp21.co.kr ㅣ www.msp21.co.kr
페이스북 www.facebook.com/munsebooks
출판등록 · 제21-108호(1979.5.16)

값 13,000원
ISBN 978-89-7075-578-6   03810
ⓒ 임솔내, 2014